DU MÊME AUTEUR

Aux Éditions Gallimard

TESTAMENT À L'ANGLAISE

LA MAISON DU SOMMEIL

LES NAINS DE LA MORT

BIENVENUE AU CLUB

LE CERCLE FERMÉ

LA FEMME DE HASARD

LA PLUIE, AVANT QU'ELLE TOMBE

LA VIE TRÈS PRIVÉE DE MR SIM

Aux Éditions du Rocher

UNE TOUCHE D'AMOUR (Folio n° 3975)

Aux Éditions Gremese

JAMES STEWART

Aux Cahiers du cinéma

HUMPHREY BOGART

Aux Éditions Pleins Feux

UN VÉRITABLE NATURALISME LITTÉRAIRE EST-IL POSSIBLE OU MÊME SOUHAITABLE ? (avec Will Self)

Aux Éditions Quidam

B. S. JOHNSON : HISTOIRE D'UN ÉLÉPHANT FOUGUEUX

DÉSACCORDS IMPARFAITS

Jonathan Coe

Désaccords imparfaits

nouvelles

Traduit de l'anglais
par Josée Kamoun

nrf

GALLIMARD

Titre original :

9TH AND 13TH

In memoriam
James Eastwood Kay
1902-1985

Introduction

Ce recueil représente toute ma production de nouvelles au cours de ces quinze dernières années, ce qui relève un peu de la plaisanterie. J'avais pensé l'intituler *Toute la prose courte*, mais c'eût été pousser la plaisanterie un peu loin. Car il ne m'est pas facile de faire court, justement. Ce qui m'attire, dans la fiction, c'est plutôt la complexité, le panorama, et chez moi, il est plus fréquent que des idées nées sous forme de nouvelles, comme *La maison du sommeil*, prennent l'épaisseur d'un roman. Trois fois, cependant, pour répondre à l'amicale pression de directeurs littéraires et d'éditeurs, j'ai réussi à me fixer des limites, et en voici le résultat. « Ivy and Her Nonsense » est paru dans *The Penguin Collection* (1995), « 9th & 13th » dans *The Time Out Book of New York Short Stories* (1997) et une version plus longue et moins maîtrisée de « V.O. »

dans *New Writing* (1998). « 9th & 13th » existe déjà sous forme orale, avec accompagnement au piano composé et exécuté par Danny Manners, sur le CD du même nom, publié en France sous le label Tricatel (Tricatel, album 18). On peut parfois trouver ce texte en ligne à l'adresse www.tricatel.com.

Au début de ma carrière, pendant sept ou huit ans, j'ai écrit des critiques assez régulièrement pour les magazines, et lorsqu'on m'a demandé cette petite compilation, je me suis tout d'abord dit que c'était l'occasion rêvée de tirer de l'oubli quelques joyaux journalistiques qui y étaient indûment tombés. Toutefois, après avoir dragué les fonds de mon disque dur, je suis parvenu à la conclusion qu'ils ne méritent guère mieux, dans l'ensemble. J'ai fait une exception pour le « Journal d'une obsession », qui n'a jamais été publié en anglais, l'article m'ayant été commandé par les *Cahiers du Cinéma*. J'ai un faible pour ce texte, parce qu'il exprime mon admiration à l'égard de Billy Wilder et d'un de ses plus grands films, qui est aussi l'un de ses plus méconnus ; et aussi parce qu'il concerne, en partie du moins, mon grand-père, James Kay, personnage qui apparaît aussi sous le couvert de la fiction dans « Ivy et ses bêtises ». Mon grand-père est mort il y a plus de vingt ans, mais je rêve encore souvent de lui, et je parle de lui à mes filles. Son dynamisme, son humour pince-sans-rire et son amour des livres ont exercé une influence primordiale sur mon enfance. Le dernier conseil ou presque qu'il m'ait donné avant de mourir était d'entrer dans l'enseignement et d'oublier l'écriture pendant très très longtemps. Comme tous ses conseils, il me le dispensait avec amour, et dans les meilleures intentions. J'aurais bien aimé qu'il voie mes œuvres publiées, quitte à ce que son verdict soit sévère. Il me semble donc juste, en somme, que ce petit recueil soit dédié à sa mémoire.

Ivy et ses bêtises

Lorsque je suis sorti de l'église en faisant crisser le gravier de l'allée pour retourner vers la concession de mes grands-parents, Gill était restée devant leur pierre tombale et fixait sans le voir l'autre côté du cimetière.

À l'avant-veille du vendredi saint, le matin était gris et aéré. Le vent, qui soufflait en bourrasques imprévisibles, nous rabattait le bruit de la circulation sur la lointaine M54, et il avait déjà renversé notre gerbe à peine déposée. Je me suis baissé pour la redresser.

« Qu'est-ce qu'on fait ? On rentre ? »

Elle ne m'a pas répondu. Elle s'est tournée vers moi avec un froncement de sourcils ; j'ai cru qu'elle allait me poser une question lorsqu'un bruit l'a fait se retourner vivement. C'était le portillon du cimetière qui battait au vent.

« Il y avait du monde, ici, je veux dire, à part nous ? Tu as croisé quelqu'un ? »

J'ai fait non de la tête. Nous étions arrivés au village une demi-heure plus tôt, et nous l'avions trouvé désert et assoupi. Ma sœur a serré son manteau contre elle et s'est dirigée lentement vers la voiture, les yeux rivés au sol, ses bottes laissant leur marque sur le gravier. Mais avant d'arriver au porche, elle s'est retournée brusquement. Elle considérait le châtaignier qui se dressait contre le mur d'enceinte, et dominait le bowling green. Il y avait un banc de bois sous ses branches.

« Ça ne va pas ?

— Je te raconterai tout à l'heure », m'a-t-elle répondu.

J'ai proposé de prendre le volant, et lui ai demandé si elle était toujours d'humeur à tenter le voyage sentimental que nous nous étions proposé en arrivant de Birmingham. Comme elle acquiesçait distraitement, j'ai fait marche arrière pour revenir sur la voie principale, me suis arrêté au premier carrefour, pas très sûr de moi ; puis je me suis engagé dans une petite rue autrefois familière, verdoyante en cette matinée, et balayée par le vent. Au bout de quelques minutes, qui ont suffi à consteller de gouttes d'eau le pare-brise, la maison de mes grands-parents nous est apparue. Nous nous sommes garés sur l'accotement herbeux, à une cinquantaine de mètres du portail, et l'avons regardée sans expression, ne sachant trop que faire.

« Ils ont tout restructuré, hein ? »

Les nouveaux propriétaires, car c'est ainsi que je les nommais intérieurement, même s'ils étaient installés depuis quinze ans, avaient fait construire une extension de deux étages là où mon grand-père s'était jadis aménagé un appentis-atelier tout en longueur, au flanc de la maison.

« Ma foi, c'est assez réussi, ai-je concédé. Ces gens ont du goût, il faut le reconnaître. »

J'ai jeté un coup d'œil oblique à Gill, pensant qu'elle avait son opinion sur la question, mais elle gardait les yeux clos, une main contre sa tempe, comme si elle avait mal à la tête. Je lui ai pris l'autre main, elle était glacée.

« Excuse-moi, a-t-elle dit, il s'est passé quelque chose de curieux, là-bas, c'est tout. » Là-dessus elle s'est mouchée dans un kleenex — elle en avait une provision conséquente, dans les manches de son cardigan — et a ajouté : « Allons-y, d'accord ? Je n'ai pas le courage de revoir la ferme, je crois. »

Donc : avait-elle vraiment vu un fantôme, ce matin-là, au cimetière — ou deux, pour être exact ? Elle a toujours maintenu cette version et il est probable que seul l'orgueil m'empêche de la croire à cent pour cent. Je prends comme une discrète insulte familiale d'avoir ainsi été court-circuité par mes grands-parents, qui auraient choisi d'apparaître à Gill plutôt qu'à moi. Une chose est sûre, elle a su me décrire la scène avec des détails convaincants. Mon grand-père était assis sur le banc, sa pipe de bruyère à la bouche, pas encore allumée, son sonotone à l'oreille ; il portait son gros pardessus en lainage à chevrons. Ma grand-mère trimballait sa sempiternelle thermos achetée chez Woolworth des lustres auparavant, celle qui accompagnait tous nos pique-niques et nos excursions. Ils paraissaient détendus, disait Gill, et contents, malgré leur mine frigorifiée ; et puis ils étaient en grande conversation, volubiles même (détail bizarre, qui ne correspondait guère à l'image que je gardais de leur couple), au point de ne pas remarquer la présence de ma sœur qui les observait. L'illusion, si c'en était une, avait duré quelque dix ou quinze secondes.

Gill m'a raconté la chose comme nous

rentrions par les routes récemment achevées et plus rapides qui permettaient certes de gagner quelques minutes sur l'ancien itinéraire, mais évitaient pour ce faire tous les bourgs et villages, et autres points d'intérêt. En l'entendant parler de cette apparition, j'avais le sentiment cuisant d'être encore traité en petit frère, et je détectais dans son attitude et dans le ton de sa voix des séquelles de notre rivalité enfantine. On aurait dit qu'en décrivant la chose par le menu, et en termes si réalistes, elle parvenait à dévaluer rétrospectivement mon manque d'expérience en la matière. Je n'ai pas tardé à mordre à l'hameçon. De sorte que quand elle a déclaré tout à trac : « Je vois bien que tu n'en crois pas un mot », je me suis entendu répondre :

« Bien sûr que si. Bien sûr. N'oublie pas qu'il m'est arrivé quelque chose de semblable, après tout. »

Elle a souri, l'œil allumé de satisfaction mauvaise. « Allons donc, tu ne vas pas remettre cette vieille histoire sur le tapis.

— Elle est bien réelle, je n'ai pas rêvé.

— Mais tu étais tout petit. On était gosses. En plus, tu dormais la moitié du temps. »

Je n'ai pas insisté, n'ayant pas la moindre envie de soumettre pour la énième fois mes souvenirs à sa malice critique. Mais après déjeuner, j'ai repris le volant tout seul, pour remonter la colline où habitaient mes parents et, une fois de plus, je me suis laissé aller aux réminiscences. Je me suis remémoré les visites hebdomadaires dans le Shropshire, quand nous étions enfants ; les grandes vacances, avec les matinées à la pêche et les longs après-midi tout seul dans la salle à manger, à lire et écouter le lent tic-tac de l'horloge. Je me suis rappelé les Noëls où nous ouvrions nos cadeaux après le petit déjeuner ; les promenades où l'on me traînait ensuite, dans des champs durcis par le gel, sous un ciel d'hiver étincelant. Et puis un Noël mémorable entre tous.

L'après-midi, j'ai pris une échelle, je suis monté dans le grenier de mes parents sans trop savoir ce que j'y cherchais, et je me suis laissé tenter par une pile de cartons sous les tuiles, au fond de la pièce, dans le coin le plus sombre. Ma lampe de poche avait isolé ce tas de vieilleries, elle s'y était arrêtée, l'avait mis en lumière, en relief : c'était toute mon enfance. Je m'en suis approché avec circonspection, accroupi pour ne pas me cogner la tête aux poutres basses, puis je me suis assis, non sans appréhension, au début, avant d'épousseter de la main le premier carton et de regarder ce qu'il contenait.

Je n'avais guère le temps de jeter plus qu'un coup d'œil aux pages humides et gondolées des vieux carnets et journaux, et de faire plus que feuilleter les vieux albums où je collais avec une diligence maniaque des centaines de coupures sur mes footballeurs et pop stars préférés. Bientôt, je suis tombé sur une petite boîte en bois, pleine de diapositives Kodak dont je me suis emparé avec avidité pour les visionner une par une, à la lumière de la torche électrique. Vacances, jardins, voitures familiales, parents : oubliés, tous. Me voici sur la plage de Llanbedrog, avec Tante Ivy et Oncle Owen. Je peux avoir quatre ou cinq ans et j'ai été photographié à mon insu, dans une pose détendue, une main béatement fourrée dans mon slip de bain. Mon grand-oncle et ma grand-tante sont assis sur leurs serviettes de plage, et sourient du sourire confiant et plein d'assurance de ceux qui ont survécu à une guerre, prospéré dans l'après-guerre, et ne sont pas encore touchés par les nouvelles incertitudes des années soixante. J'entends encore leurs voix — celle de mon oncle, monotone, grave, gutturale, celle de ma tante, suraiguë et décidée ; elles se mêlent aux cris des enfants, et au lent ressac des vagues sur les galets. Mon passé résonne de voix, sa bande-son me fait entendre en continu les membres de ma famille qui bavardent, potinent, et se chamaillent. Comme il m'avait semblé muet, le village, en comparaison ! J'étais bien content de n'être pas allé à la vieille ferme d'Oncle Owen, aujourd'hui vide et barricadée.

Et tiens ! Elle était là, la ferme, sur la diapo suivante. Toute la famille est attablée dans la cuisine, sauf mon père ; ce doit être lui qui prend la photo. Nous sommes onze en tout, et nous levons nos verres en souriant, des chapeaux de cotillon sur la tête ; le mien, qui est trop grand, me tombe sur l'œil. Seule ma grand-mère, je le remarque en détaillant l'image de plus près, semble étrangère à la liesse générale. Elle paraît détachée, pensive, et c'est ce qui m'amène à confirmer qu'il s'agit bien du Noël auquel je pensais — celui qui a suivi sa participation à un jury d'assises. Pendant un bon moment, j'ai considéré avec perplexité cette miniature qui semblait tout aussi mystérieuse et improbable qu'un vieux film en piteux état. J'en étais là, les yeux écarquillés sur son secret, lorsque ma torche électrique, dont la pile était sur sa fin, a vacillé et rendu l'âme, me plongeant aussitôt dans le noir d'encre de la mémoire.

À cette époque, nous allions tous les ans passer Noël chez mes grands-parents dans le Shropshire. Nous arrivions en fin d'après-midi, le soir de la fête, et après l'ouverture des bagages, phase brève mais intense, les adultes se posaient pour boire du sherry et échanger les nouvelles. Le salon était encore plus gai et plus illuminé que d'ordinaire ; dans cette pièce traversante, percée de longues fenêtres, les derniers rayons du soleil, aiguisés par la neige, soulignaient les babioles et colifichets pendus au sapin de mon grand-père, et les guirlandes qui en chamarraient les basses branches renvoyaient l'éclat complice du couchant.

« Finalement, tu m'as l'air d'avoir survécu à ton épreuve, M'man », dit ma mère cette fois-là, tandis que Gill et moi prenions des biscuits digestifs servis sur une assiette en dissimulant notre fébrilité.

« Oh, ça ne s'est pas trop mal passé ; je suis contente qu'on ait pu en finir pour Noël. Je n'ai pas fait la moitié de ce que je dois faire. » Elle coula un regard sévère en direction de son mari. « Il faut dire que Jim ne m'aide pas beaucoup. »

Ignorant délibérément le reproche, mon grand-père marmonna : « Dommage que vous n'ayez pas réussi à prendre la bonne décision.

— Ne commence pas, Papa », dit ma mère, sur quoi Gill parvint à changer de sujet en demandant s'il était l'heure de donner à manger aux chevaux.

Mes grands-parents possédaient quelques hectares de terre autour de leur maison et ils s'occupaient de deux chevaux de course de leurs voisins, qui avaient une écurie imposante. Un de nos rituels favoris consistait à accompagner mon grand-père, toujours carré d'épaules et costaud dans sa vieillesse, lorsqu'il apportait des balles de foin au paddock où les chevaux nous attendaient, flanc à flanc, sans impatience. Je les plaignis ce jour-là, car le froid me faisait mal aux mains, malgré mes gants. Ma sœur et moi prîmes les devants, munis de morceaux de sucre, pour leur donner leur gâterie.

« C'était quoi, l'épreuve de Grand-mère ? demandai-je à Gill, véritable puits de science, à mon aune.

— Tu sais vraiment rien, toi », commenta-t-elle, ce qui n'était pas faux. « Elle est allée au tribunal. Il y avait une femme qui avait tué son mari, et ils devaient décider si elle était coupable. Grand-mère faisait partie du jury. Maman a dit que c'était dans tous les journaux, mais elle a pas voulu que je regarde. »

Mon grand-père arrivant sur nos talons, elle continua tout bas : « Elle l'a tué à coups de couteau. Au début c'était lui qui allait la poignarder, mais elle a attrapé le couteau, et elle lui en a donné des centaines et des centaines de coups. C'était un canif, comme celui que je vais avoir pour Noël. »

Cette explication, noir sur blanc ou presque, était pourtant loin de me suffire. Mais il se trouve que j'avais sur ma sœur aînée un avantage et un seul : je savais où mes grands-parents rangeaient les vieux journaux ; ils étaient empilés dans l'atelier de Grand-père pour servir à allumer le feu. Je m'y glissai donc avant dîner, et passai quelques minutes dans le froid et l'humidité à feuilleter le *Shropshire Star.* Ce jour-là, l'odeur familière de la térébenthine et des copeaux de bois était adoucie par le parfum suave des mandarines satsuma, cachées à l'endroit habituel, sans doute, sauf que j'étais trop préoccupé pour en chaparder une. Je n'eus pas à chercher bien loin mon fait divers ; il s'étalait en lettres énormes, à la première page d'un numéro récent : LA FEMME AU COUTEAU PREND 5 ANS. Au-dessous, en caractères à peine plus petits, on lisait : « Le jury conclut à un simple homicide. »

À la lecture du reportage, les bribes de

conversation des grandes personnes qui m'étaient parvenues au cours des derniers mois prirent enfin tout leur sens. L'affaire avait divisé la communauté locale, et ma famille même : le couple en question n'habitait qu'à quelques kilomètres et les événements aussi sensationnels étaient rares dans cette paisible partie du monde. La femme avait fait des infidélités à son mari et il avait menacé à plusieurs reprises de la tuer. Si bien qu'un soir qu'il semblait d'humeur à mettre ses menaces à exécution, elle avait pris les devants en lui arrachant le canif des mains pour le lui planter plusieurs fois de suite dans la poitrine. L'affaire passionnait d'autant plus ma famille que ma grand-mère avait été appelée au jury, expérience profondément troublante pour elle, selon moi. Femme discrète, pieuse sans ostentation, elle avait dû se sentir perdue dans ce monde de passions féroces ; et ses états d'âme ne risquaient guère d'être allégés par les allusions appuyées de la frange puritaine de sa parentèle, sa sœur entre autres, pour laquelle l'accusée n'était qu'une Jézabel, une catin, qui méritait d'être bouclée à vie. Or telle n'avait pas été la conclusion du jury ; et même si les formules « altération des facultés mentales » et « circonstances atténuantes » n'avaient pour moi qu'un sens nébuleux, je ne pus qu'approuver ce verdict lorsque je vis dans le journal la photo du mari assassiné. « Le visage qui la hantera pour le restant de ses jours », disait la légende, et je voyais pourquoi. Le mari avait bien plus l'air d'un meurtrier que sa femme, et même sur cette reproduction défectueuse, au grain épais, ses yeux enfoncés dans leurs orbites, qui semblaient vides et pourtant menaçants, exerçaient sur le spectateur une affreuse fascination. Ils s'imprimèrent en moi comme au fer rouge, de sorte que quand on nous appela pour passer à table, pris d'une pulsion perverse, j'arrachai la photo et l'emportai en catimini dans notre chambre.

Le soir de Noël nous étions invités à dîner chez ma grand-tante et mon grand-oncle à la ferme. Le repas était rituellement suivi d'une partie de devinettes, qui donnait à Gill l'occasion de démontrer son agilité mentale. Pour la circonstance, la famille se rassemblait au grand salon, avec sa cheminée et ses lourds fauteuils aux tapisseries fanées. Gill sortait dans le couloir, et on choisissait une personnalité du petit écran à lui faire identifier. Elle revenait dare-dare, avide de se frotter à nos imitations, et il ne lui fallait jamais plus de trois essais pour deviner de qui il s'agissait.

Tommy Cooper fut pour elle un jeu d'enfant et il en alla de même lorsque Oncle Owen tenta de défier la gravité en battant des bras et des jambes.

« Harry Worth », dit ma sœur en rougissant de plaisir.

Au dîner, il y avait de la viande froide, du porc en croûte, de la betterave, du céleri et des pommes de terre en robe des champs, roulées dans le sel et le poivre. C'était de nouveau l'occasion de bavarder pour les adultes, et Gill et moi devions nous contenter de nous envoyer des coups de pied sous la table, dans notre excitation. Si nous faisions assez de bruit, nous pouvions leur donner à croire que nous n'écoutions pas la conversation générale, qui se relâchait alors plaisamment.

« J'aimerais bien savoir pourquoi vous avez décidé de laisser cette créature sortir libre comme l'air, dit Tante Ivy à sa sœur, de cette voix stridente et monocorde qui était la sienne (elle devenait complètement sourde).

— N'insiste pas, femme, dit Oncle Owen. Tu ne connais pas les faits. Tu n'as que la version des journaux. »

Ma mère fit chorus. « Elle a déclaré avoir agi en légitime défense, et si tu avais vu la photo de son mari dans les journaux, tu la croirais.

— Ça n'a pas été facile, pas facile du tout, dit ma grand-mère. Je n'ai pas vraiment pu trancher, contrairement à d'autres. Il m'a semblé que c'était le seul verdict chrétien. Ces gens-là méritent la pitié. Ils répondront de leurs actes devant Dieu. Mais quand même, poursuivit-elle en tamponnant ses lèvres avec sa serviette tachée de betterave, il ne l'avait pas attaquée, ce qui s'appelle attaquer. Il n'avait fait que la menacer.

— Que la menacer, je te crois ! s'écria Oncle Owen. Il menaçait de lui couper la gorge, c'est ça ?

— Chut », dit quelqu'un, tandis que Gill, profitant qu'on ne la regardait pas, avait pris son couteau à pain et le passait sur sa gorge avec un sourire de diablotin. Un instant, je dus retenir mes larmes.

Puis on tira des pétards, on distribua les cotillons et on prit des photos ; et malgré mon chapeau qui me tombait sur les yeux et le fait que je ne comprenais aucune des devinettes, malgré le fait que Gill ait eu une boussole et moi un sifflet qui ne sifflait pas, mon moral remonta.

Après dîner, pendant que les grands buvaient

le café au salon, nous restâmes nourrir des restes les trois chiots épagneuls qui avaient passé la demi-heure précédente à gratter frénétiquement à la porte de la cuisine. Un peu pour empêcher Gill de reparler du meurtre, j'évoquai sa facilité à résoudre les devinettes, en lui demandant si elle avait un secret. Sur quoi, à ma grande surprise, elle sortit une grosse clef de sa poche avec un large sourire satisfait et confidentiel.

« Viens avec moi », dit-elle en m'entraînant dans le couloir où, sous l'escalier de chêne, une porte ordinairement fermée à clef menait à la cave. Elle m'expliqua qu'en se postant sous le salon on entendait chaque mot qui s'y disait. « Tu ne t'es jamais demandé pourquoi j'arrive toujours essoufflée ?

— On peut essayer tout de suite ? proposai-je, emballé par les perspectives qu'offrait le stratagème.

— D'accord, dit-elle en déverrouillant la porte, passe devant. »

Comme de juste, sitôt entré, j'entendis la porte claquer derrière moi et la clef tourner dans la serrure. Je cognai un instant contre le battant avec mes poings en braillant, mais je me doutais que Gill voulait me faire languir. Bien décidé à tester son subterfuge, dès que j'eus découvert l'interrupteur, j'inspirai un grand coup et descendis les marches : si elle attendait que je la supplie, elle en serait pour ses frais.

En fait, la cave contenait davantages de fruits que de bouteilles, et plus de toiles d'araignées encore. En outre, au fil des années, quand je serais revenu de ma terreur initiale, mes explorations me révéleraient un lieu assez compact. Mais ce soir-là, elle me fit l'effet d'un dédale infini. Il y avait de petites salles de part et d'autre d'un corridor central, lequel décrivait plusieurs coudes inattendus. À chaque détour, j'éprouvais le besoin de jeter un coup d'œil nerveux sur la portion à venir avant d'oser me rapprocher de la source des voix qui se faisaient plus distinctes, au-dessus de ma tête. Le long des parois, là où la brique grossière apparaissait sous une fine couche de crépi, je voyais la trace argentée des limaces.

Une fois arrivé sous le salon, la conversation s'entendait très bien, même si la voix qui dominait les autres n'avait pas été celle de Tante Ivy.

« Tu n'as pas un petit peu peur, tout de même ? disait-elle en cet instant.

— Oh, Ivy, t'as pas fini de la grevicher, pour l'amour du ciel !

— Tu sais bien que je ne crois pas un mot de ces sornettes, dit ma grand-mère. La religion chrétienne me suffit, et j'aurais cru qu'il en allait de même pour toi, puisque c'est toi qui feras la lecture à la messe, ce soir, je présume.

— Je n'aimerais pas être à ta place, ma petite, voilà tout.

— Arrête donc de tarabater, Ivy, les plaisanteries les plus courtes sont les meilleures. »

(Tarabater était un terme du coin, comme grevicher, et d'ailleurs plus ou moins synonyme. Personne ne m'expliqua jamais le sens de grevicher, du reste.)

« N'empêche, insista Ivy, il y a des esprits qui rôdent même dans les églises, c'est prouvé.

— Le Saint-Esprit, peut-être ? suggéra finement Oncle Owen.

— Prenez le cimetière de Chetwynd, à côté de Newport. Vous n'avez jamais vu le fantôme de madame Piggott flotter en chemise de nuit et peigner son bébé entre les tombes ?

— Pourquoi, tu l'as vu, toi ?

— Pas personnellement. Mais un jour que j'étais assise dans ce cimetière, j'ai entendu les feuilles bruisser au-dessus de ma tête, et les arbres se penchaient en gémissant, alors qu'il n'y avait pas un souffle de vent. »

À force de fréquenter des porcs au quotidien, peut-être, mon grand-oncle avait mis au point tout un répertoire de grognements expressifs, et il en poussa un fameux pour la circonstance. J'entendis le choc de la tasse à café que Tante Ivy posa sur la table, pour ménager son effet.

« Tout ce que je dis, c'est que cet homme assassiné de sang-froid par sa femme fait partie de ceux qui vont se retourner dans leur tombe ce soir. Et moi, à sa place, j'irais rendre visite à ces gens qui n'ont pas cru opportun de me venger. Voilà. »

À ces mots, que je ne comprenais qu'à moitié, je me retournai, pris d'une peur soudaine. L'ombre gigantesque d'une silhouette humaine s'avançait dans le couloir, elle avançait sur moi d'un pas sans remords, croissant à mesure. Ne pouvant m'échapper, je tâchai de me fondre dans le mur, mais ma terreur fit place à un soulagement délicieux lorsque Gill apparut au détour du couloir pour me dire que mon épreuve était finie.

Ce Noël-là, pour la première fois, nous avions été jugés assez grands pour assister à la messe de minuit avec le reste de la famille. Nous étions partis dans deux voitures. Gill et moi, toujours avides de nouveauté, avions choisi de monter dans celle de nos grands-parents. Frémissant d'impatience sur le siège arrière, nous regardions les hautes haies pleines de givre sous le faisceau des phares.

« Ivy et ses bêtises, dit ma grand-mère avec un claquement de langue réprobateur. Pourquoi on la laisse lire à l'église, Dieu seul le sait. C'est la femme la moins croyante du village.

— Tu le sais très bien, pourquoi on la fait lire, dit Grand-père, c'est parce qu'elle a la voix qui porte. »

Je n'ai pas gardé grand souvenir de cette messe, qui était ma première selon le rituel anglican. Je sais que je tendais l'oreille pour saisir des références au Saint-Esprit, mais ces références ne paraissaient guère menaçantes, contrairement à la traversée du cimetière qui suivit l'office. C'était en effet un lieu sinistre et solitaire, malgré les voix qui résonnaient tout autour de moi, qui bavardaient et se lançaient des au revoir avec leurs meilleurs vœux. Même mon grand-père, dont la vaste main coriace engloutissait la mienne, s'arrêta un instant pour considérer les pierres tombales éparses, et je sentis un frisson le parcourir. Peut-être parce qu'il avait froid, peut-être parce qu'il savait qu'il reposerait là, lui aussi, dans quelques années, au fond de sa tombe glacée par le vent d'est.

Partager une chambre avec Gill était souvent une épreuve, mais ce soir-là, je ne fus pas fâché d'avoir de la compagnie. Comme d'habitude, elle n'avait pas envie de dormir. L'année précédente, elle avait tenté de rester éveillée toute la nuit, dans l'espoir de découvrir par quel fascinant processus deux chaussettes étaient déposées au pied de notre lit, remplies de sucreries et de pièces en chocolat, simple mise en bouche précédant les plats de résistance qui nous attendaient en bas. Mais cette année-là, apparemment, elle voulait seulement parler.

« Ça va être génial, ce canif, me dit-elle, je serai la seule fille de l'école à en avoir un. »

Gill me narguait parce qu'elle savait que j'allais être férocement jaloux de son cadeau. Je n'avais pas eu l'audace de demander quoi que ce soit d'aussi excitant ; j'avais écrit au Père Noël pour lui commander des chaussures de foot à crampons, et encore, pas tant parce que j'en avais envie que pour faire plaisir à mon père, pressé que je manifeste du goût pour le sport.

« Comment tu sais qu'il va t'apporter ce que tu as demandé ?

— Il, qui ça, il ? » reprit Gill. Elle marqua un temps puis se mit à glousser d'un air entendu, qui me déconcerta.

« Pourquoi tu ris ?

— Je ris de toi, t'es trop marrant. »

Et elle rit encore, puis se tut. Sa respiration se faisait plus régulière. Dehors, le vent se levait, et les branches du pommier frottaient contre la fenêtre.

« Tu y crois aux fantômes, Gill ?

— Non, murmura-t-elle.

— Tante Ivy, elle y croit.

— Tante Ivy est une vieille gourde. C'est Papa qui l'a dit.

— Et le mort, alors ? Il doit être drôlement fâché contre Grand-mère.

— Les morts peuvent pas se fâcher, allez, dors. »

Mais impossible de dormir. Le vent se déchaînait, et toute la maison s'emplissait de grincements et de claquements bizarres ; mon imagination enfiévrée y entendait des bruits de portes et des pas lourds qui montaient l'escalier. Je me levai et tirai les rideaux, mais au clair de lune la chambre n'était pas moins sinistre, elle devenait un univers d'ombres chinoises sur des lacs de ténèbres. Une horde d'images traumatisantes m'assaillit : Gill s'ouvrant la gorge à table, la silhouette gigantesque qui avançait sur moi dans la cave, Grand-père qui frissonnait à la vue du cimetière, à minuit. Surtout, je me rappelai la photo de l'homme assassiné, que j'avais eu l'imprudence d'arracher aux pages du journal ; j'étais raide d'angoisse à l'idée de le voir surgir de l'ombre, canif à la main.

En la circonstance, je fis ce qu'aurait fait tout enfant de sept ans débrouillard : je décidai de réveiller mes parents. Il était rare qu'ils me refusent l'accès à leur lit, je le savais par expérience ; or là, il s'agissait bien d'une urgence puisque je n'étais pas en état de passer la nuit tout seul. Je me levai donc promptement, m'enveloppai dans ma robe de chambre, et sortis sur le palier.

Là, surprise, tout était dans le noir à l'exception d'un rai de lumière instable, sous la porte de la chambre de mes grands-parents. J'étais sûr que toute ma famille était couchée depuis longtemps, mais j'aurais trouvé égoïste de tirer du sommeil mon père et ma mère si mes grands-parents ne dormaient pas encore. Je changeai donc d'itinéraire, et me dirigeai vers leur chambre devant laquelle je m'arrêtai un instant. N'entendant pas le moindre bruit, je poussai leur porte sans un mot.

La lueur vacillante devait provenir d'une

bougie, et au courant d'air, elle faillit s'éteindre. Ensuite, les événements se précipitèrent. C'était ma grand-mère qui dormait face à la porte, et je vis sa silhouette allongée sur le dos, immobile. À son chevet, il y avait un homme. Tout d'abord, son visage était caché par l'obscurité ; je ne vis que l'éclat métallique de la lame du couteau dans sa main levée. Il sursauta à mon approche, et pendant un moment qui me parut une éternité, nous nous regardâmes en chiens de faïence. Ses yeux caves plongeaient dans les miens, vides et pourtant menaçants. Alors je m'enfuis vers la chambre de mes parents où j'entrai en trombe et réussis bientôt à ameuter toute la maison. Même Gill accourut voir ce qui se passait. C'est ainsi que, blotti dans les bras de ma mère assise au bord de son lit l'œil vague, j'expliquai que je venais de voir un fantôme s'apprêtant à tuer Grand-mère.

« Un fantôme ?

— Un homme. Il était assis sur le lit, à côté d'elle. »

Mon grand-père arriva en pyjama.

« Qu'est-ce qui se passe ? demanda-t-il.

— Il t'a vu », dit ma mère.

Mon grand-père mit un doigt sur ses lèvres avec un signe de dénégation, puis s'adressant à moi : « Tu as dû faire un mauvais rêve…

— C'était pas un rêve, c'était l'homme, l'homme des journaux ! »

Renonçant à me convaincre de mon erreur par des arguments rationnels, ma mère renvoya tout le monde se coucher et me permit de rester dans sa chambre où, douillettement niché entre mes parents, je dus finir par m'assoupir. Je me rappelle vaguement avoir senti que mon père me soulevait et me ramenait dans ma chambre, un peu plus tard. La porte qui se referma après son départ dut me réveiller tout à fait, et je vis les yeux de Gill briller dans le noir.

« T'es un nigaud.

— Pourquoi ?

— C'est Grand-père que t'as vu. Il faisait les paquets de nos cadeaux. »

Sitôt ces mots enregistrés, une question brûlante et nouvelle se forma dans ma tête.

« Mais comment ça ? » articulai-je lentement.

C'est ainsi que Gill, pour son plus grand plaisir, son triomphe ineffable, se jugea autorisée à me révéler la vérité sur l'origine fort peu magique de nos cadeaux de Noël, depuis toutes ces années.

« Alors le canif…

— C'était mon cadeau, évidemment. Je te l'avais dit, que j'en aurais un. » Elle bâilla et s'enfouit plus profondément dans les draps et les couvertures. « Bonne nuit, nigaud.

— Bonne nuit, idiote », rétorquai-je, blessé par cette flèche du Parthe. Je restai éveillé quelque temps en me demandant si elle était si maligne que ça, après tout. Dans le silence de la nuit, je tournai et retournai son explication dans ma tête : elle laissait à désirer.

L'aube de Noël se leva enfin, découvrant la campagne sous l'épais linceul d'une neige toute fraîche. Les champs labourés, au fond du jardin, roulaient vers nous dans un moutonnement de vagues blanches, et l'air du matin était si clair qu'en grimpant sur le mur on pouvait voir le Chas de l'aiguille du côté des Wrekin. Le soleil inondait le salon quand nous ouvrîmes nos cadeaux, après le petit déjeuner. Tout le monde était d'excellente humeur, les alarmes de la nuit oubliées.

Pour une fois, c'est Gill qui fut déçue. Mes chaussures de foot étaient parfaites, ainsi que le manteau que nos parents lui avaient acheté. Il y avait des jouets, des livres et des jeux de société tant qu'on en voulait. Mais de canif, point. Ils avaient dû juger que ce cadeau ne convenait pas à une jeune personne.

Plus tard, Gill me suivit jusque dans l'office où j'étais allé me remplir les poches de fruits confits en prévision de notre balade matinale. Elle me plaqua contre le mur.

« Tu m'avais dit qu'il y avait un canif, tu me l'avais dit !

— Mais il y en avait un.

— Tu m'as menti.

— Je t'ai pas menti. J'ai vu un canif, mais c'est pas Grand-père que j'ai vu, je te l'ai dit. »

Elle me lâcha, recula, et me jeta un regard farouche.

« Tu es fou, voilà. T'es complètement dingo. »

Telle fut sa théorie, du moins. Mais au retour de la balade, dès que j'eus une minute à moi, je fis pourtant quelque chose de tout à fait sensé : je me ruai dans la chambre, récupérai la photo du journal dans le tiroir et la jetai dans la cheminée du salon. En regardant ce visage brûler, noircir et disparaître, je priai mon Dieu d'acquisition récente que l'homme s'abstienne désormais de toute visite chez nous.

*9e et 13e*

J'habite à l'angle de la 9ᵉ et de la 13ᵉ, et croyez-moi, ce n'est pas le coin rêvé. Ce n'est pas un coin qui donne envie de s'y attarder. C'est le genre d'endroit où l'on ne fait que passer ; une simple étape. Enfin, c'est vrai pour les gens en général. Pour tout le monde, mais pas pour moi.

J'ai du mal à croire que j'y suis déjà depuis plus de dix-huit mois à présent. J'ai du mal à croire que tous les matins, depuis dix-huit mois, c'est le volet roulant du Perky Pig Diner and BBQ, sur le trottoir d'en face, qui me réveille. Peu après commence le barouf du rez-de-chaussée ; on transbahute des meubles, des camions entrent et sortent sous mes fenêtres, et la vibration de leurs moteurs en surrégime est tellement insistante que même quand je mets mon casque et que je pousse le volume à fond, je sens le sol trembler. J'habite au-dessus des bureaux de la Watson

Storage and Removal Company, une entreprise de déménagement. Logique, en somme, puisque je vous l'ai dit, c'est un lieu de passage, ici, un lieu de transit, un lieu pour ceux qui sont en train de boucler leurs valises.

9e et 13e. Vous savez quelle musique ça fait ? Cherchez vous-même, s'il y a un piano dans le secteur. Jouez d'abord… un *do*, mettons. Loin vers le bas du clavier, deux octaves plus graves que le *do* du milieu. Maintenez le petit doigt sur la touche, tendez les autres doigts, allez, tendez-les bien, au-delà de l'octave, jusqu'à ce que votre pouce atteigne le *ré*. Et puis jouez les deux notes en même temps, et écoutez l'écart. Voilà la 9e. On est déjà presque déraciné. Ces deux notes de basse ne tombent pas vraiment d'accord. L'indécision est audible. À présent, avec le pouce de la main droite, faites un *si* bémol. S'ajoute alors une dominante bluesy, et du coup, l'énoncé un peu ambigu des deux notes se fait question : où allons-nous de ce pas ? À cet égard, la note suivante, encore un *ré*, n'ajoute rien ; elle souligne. La question se fait plus pressante, mais qu'arrive le *fa* et tout change. Tout à coup, il y a de l'espoir dans l'accord, une aspiration. Comme un mouvement vers le haut, l'impression qu'on pourrait bien être sur le point d'arriver quelque part. Et puis enfin, le *la* s'ajoute et l'on parvient à l'accord de 13e. Écoutez comme il est plaintif, comme il est mélancolique. Il voudrait tant résoudre, se fixer sur quelque chose ; le *la* majeur s'impose, comme étape suivante, mais on pourrait aussi avoir un *la* mineur, voire un *fa* majeur 7e, et d'ailleurs… à peu près tout et le reste. C'est tellement ouvert. Il n'y a pas plus ouvert, comme accord. Il déborde de virtualités.

9e et 13e : la musique de tous les possibles.

Il y a combien de temps que j'ai joué ces accords ? Combien de temps qu'elle est apparue dans le bar, elle, qu'elle s'est approchée du piano, pendant que j'improvisais dans la pénombre de la salle, bien après que les buveurs les plus endurcis étaient rentrés chez eux, leurs verres finis ? Je ne sais pas, j'en perds le souvenir. Je me rappelle seulement que nous avons bavardé, échangé des banalités quelques minutes, pendant que mes doigts erraient sur le clavier, machinalement ; au fil des itinéraires habituels, des harmonies faciles et familières auxquelles je me laisse prendre, ces temps-ci, comme à autant de mauvaises habitudes. Elle était de Franklin, dans l'Indiana, m'a-t-elle dit, et elle avait débarqué à New York l'après-midi même. Elle venait de lâcher son emploi chez un disquaire pour venir en ville, écrire. Écrire des livres. Je n'en ai jamais su davantage, pas même son nom, simplement qu'elle venait de Franklin, qu'elle allait écrire, et qu'elle avait des cheveux bruns, sévèrement tirés en queue-de-cheval, de minuscules taches de rousseur sur le nez, et des yeux brun-vert qu'elle plissait en souriant chaque fois que je la regardais, c'est-à-dire pas souvent, arc-bouté que j'étais sur mon clavier, à cheminer sans hâte au fil de ces accords usés, jusqu'à ce que mes mains finissent par me lâcher, par hésiter, puis par se poser, se reposer là où elles le faisaient toujours. À l'endroit habituel.

9e et 13e.

Et c'est en ce point précis qu'elle m'a demandé :

« Dites-moi, est-ce qu'il y a, est-ce que vous savez où je pourrais dormir, dans le coin ? Je ne sais pas où aller. »

Les possibles soulevés par cette question, comme les virtualités soulevées par ces accords, ont plané longtemps dans la salle, le temps que les notes se délitent.

D'infinis possibles.

Au hasard, celui-ci. Supposons que j'aie résolu l'accord. Supposons que je l'aie résolu de la façon la plus évidente, c'est-à-dire par un *la* majeur, léger, certes, mais insistant. Où j'aurais glissé un *la* naturel, mettons, pour lui donner de l'éloquence. Supposons que j'aie répondu à sa question comme suit : « Bah, c'est qu'il commence à être tard, dans le coin, je ne vois pas grand-chose. Enfin, il reste toujours mon canapé. »

Qu'est-ce qui se serait passé ?

Où serais-je aujourd'hui ?

Voici ce qui se serait passé :

D'abord, elle aurait plissé les yeux de nouveau, avec ce sourire à la fois chaleureux et timide qui était le sien, et puis elle aurait détourné le regard, le temps de rassembler ses idées, avant de me dire :

« Ça ne vous ennuierait pas ? Parce que enfin, c'est très gentil de votre part, mais… »

Et moi j'aurais répondu : « Sans problème. J'habite à deux rues d'ici.

— Je ne voudrais surtout pas vous déranger, m'aurait-elle dit. Ce ne sera que pour une nuit. »

Mais ça n'aurait pas été que pour une nuit. Nous l'aurions su, déjà.

J'aurais refermé le couvercle du piano, et j'aurais dit au revoir à Andy, au bar, en récupérant mon cachet de la soirée, mince liasse de dollars tirée de la caisse. Je lui aurais ouvert la porte, en lui disant de faire bien attention dans l'escalier mal éclairé qui menait à la rue. Elle aurait eu un sac de voyage avec elle, un fourre-tout de toile noire, je lui aurais proposé de le porter et je l'aurais passé en bandoulière pour gravir l'escalier à sa suite, admirant l'ondulation de sa chute de reins, la finesse de sa cheville, gainée par le bas, entre l'ourlet du jean et l'élégante chaussure marron.

Une fois dans la rue, elle aurait serré son manteau contre elle en me lançant un regard interrogateur — je n'aurais vu que ses yeux par-dessus le col relevé du manteau — et je lui aurais pris le bras avec douceur pour la guider dans la 4e ouest, direction 9e et 13e.

« Vous êtes sûr que ça ne vous dérange pas ? aurait-elle demandé de nouveau. J'ai horreur de m'imposer. »

Moi j'aurais répondu : « Pas du tout, au contraire, vous avez la bonté de me faire confiance, à moi, un parfait inconnu, au fond.

— Ah, mais je vous ai entendu jouer. » Elle m'aurait lancé un coup d'œil. « J'étais là depuis deux heures et… voilà, quelqu'un qui joue du piano comme vous est forcément un type bien. »

Petit rire nerveux, puis le compliment : « J'aime beaucoup votre jeu. »

Là, j'aurais enfin souri ; un sourire de regret travaillé avec soin : « Il faut dire ça au type du bar, il me paiera peut-être un peu mieux. » Après quoi, presque aussitôt, j'aurais été pressé de changer de sujet. « Au fait, je m'appelle David.

— Ah, et moi Rachel. » On se serrait serré la main gauchement, un peu gênés nous-mêmes de tant de cérémonie. Et puis on aurait pressé le pas ; Rachel m'aurait paru frigorifiée, son souffle aurait fait de la buée dans l'air glacial de la nuit, j'aurais cru l'entendre grelotter.

« Vous avez sûrement hâte de vous coucher », aurais-je dit quand nous serions arrivés à l'appartement ; je l'aurais aidée à retirer son manteau, que j'aurais suspendu dans le couloir. Je lui aurais montré son lit, et pendant qu'elle serait passée à la salle de bains, j'aurais mis des draps propres et emporté ceux dans lesquels j'avais dormi pour me faire un couchage de fortune sur le canapé. Elle serait sortie de la salle de bains, je serais allé vérifier qu'elle avait tout ce qu'il lui fallait, et je lui aurais souhaité bonne nuit. Mais ensuite, je serais resté allongé sur le canapé au moins dix minutes, en attendant qu'elle éteigne la lumière de la chambre. Or, elle ne l'aurait pas éteinte. Au contraire, la porte se serait lentement entrebâillée, et j'aurais senti son regard sur moi, cherchant si j'étais endormi. Elle serait allée dans le couloir à pas de loup, et elle se serait mise à fouiller dans les poches de son manteau. Quelques secondes plus tard, elle aurait trouvé ce qu'elle cherchait, et elle serait revenue. Au moment où elle aurait regagné sa chambre, j'aurais lancé :

« Tout va bien ? »

Elle aurait sursauté et marqué un temps avant de répondre : « Oui, ça va. J'espère que je ne vous ai pas réveillé. » Et puis : « J'avais oublié mon carnet. J'essaie toujours d'y écrire quelque chose, tous les soirs, avant de me coucher. Où que je sois. »

Moi j'aurais dit : « Quelle discipline ! »

Et elle m'aurait demandé : « Vous répétez tous les soirs, vous ? Vous devez beaucoup travailler, non ?

— Le matin, parfois. À cette heure-ci, je suis trop fatigué. »

Elle aurait fait mine de retourner dans la chambre, à ce moment-là ; le silence aurait été assez long pour l'y autoriser. Et pourtant ce n'est pas ce qui se serait produit. Sentant qu'elle avait envie de rester, j'aurais dit :

« Alors, qu'est-ce que vous allez écrire, maintenant ?

— Oh rien, quelques idées. Quelques réflexions sur la journée qui vient de s'écouler.

— Un genre de journal intime, vous voulez dire ?

— Quelque chose comme ça.

— Je n'ai jamais rien fait de tel. Jamais tenu de journal. Et vous, ça fait longtemps ?

— Depuis que je suis toute petite. Je pouvais avoir sept ou huit ans, je me rappelle... » Et nous aurions parlé, pendant un quart d'heure ou davantage. Ou plutôt elle aurait parlé, parlé, et moi j'aurais écouté (parce que c'est toujours comme ça) et elle se serait rapprochée de moi ; d'abord assise sur le bras du canapé, elle se serait installée à côté de moi, qui me serais poussé pour lui faire de la place, ses cuisses nues (elle aurait été en slip et T-shirt) contre mes hanches, les draps et couvertures seul obstacle entre nous.

Je sais aussi comment ce quart d'heure se serait fini. Elle se serait penchée vers moi, penchée sur moi, le poids de son corps contre le mien. Ses cheveux, à présent épars, m'auraient balayé le visage jusqu'à ce qu'elle les renvoie en arrière, et ses lèvres auraient effleuré les miennes, ses lèvres desséchées par le froid. Desséchées au début.

Je l'aurais suivie dans la chambre. Nous nous serions dépouillés de nos derniers vêtements très vite, presque sans nous en apercevoir. Je l'aurais découverte au toucher, avant de le faire visuellement, dans les ravages du lit défait et des draps répandus sur le sol. Avec quel élan elle se serait donnée à moi. Comme elle aurait été belle, dans les éclairs du néon, par la fenêtre sans rideau. Si belle.

Si parfaite pour moi.

Voilà ce qui se serait passé. Et voici ce qui se serait passé ensuite :

Le lendemain matin, nous serions allés petit-déjeuner au Perky Pig et, pour une fois, nous nous serions régalés. À la seconde tasse de café, nous aurions fait des projets. Tout d'abord, où habiter ; il aurait été flagrant qu'à deux nos moyens nous permettraient de prendre un appartement plus grand et plus agréable. Ce point soulevait cependant un autre problème : ses parents, chrétiens intégristes, ne cautionneraient jamais un tel arrangement. Il nous faudrait donc nous marier. Nous l'aurions dit en boutade, tout d'abord, mais il aurait suffi de quelques secondes pour que nos regards se croisent, et brillent de la certitude immédiate, instantanée, que c'était ce que nous souhaitions tous deux. Trois jours plus tard, mari et femme, nous repérerions une annonce dans la *New York Review of Books*; un appartement dans la partie ouest du Village, loué une bouchée de pain à des candidats dûment bohèmes. Il appartiendrait à un couple d'universitaires entre deux âges, s'apprêtant à partir en Europe pour cinq ans. Le triplex comporterait un immense studio, au centre duquel trônerait un quart-de-queue Steinway luisant au soleil hivernal sous le velux, et une charmante petite mansarde donnant sur la couronne des arbres de Washington Square. C'est dans ce bureau qu'au cours des semaines suivantes Rachel achèverait son roman auquel ne manquaient plus que quelques chapitres. Roman qui, après deux refus désolés mais cependant encourageants, serait accepté chez Knopf et serait sorti en septembre, coqueluche de la rentrée littéraire. Tandis que son livre grimperait sur la liste des meilleures ventes et raflerait des prix, moi, j'achèverais mon concerto pour piano, et l'avant-première, au Merkin Concert Hall, qui me verrait à la baguette et au clavier, attirerait l'attention de Daniel Barenboïm ; il tiendrait à le programmer en pièce maîtresse pour son récital dans le cadre des « Grands Interprètes » au Lincoln Center.

Notre fils Thelonious serait né quelques mois plus tard, puis notre fille Emily, deux ans après.

Oui, notre fille Emily…

Un instant, je vous prie. Je l'entends qui pleure. Je l'entends qui pleure au rez-de-chaussée.

Non, ce n'est pas elle. Ça n'est pas Emily. Ce sont les grandes portes du garage qui grincent, les portes de la Watson Storage and Removal. Les gonds sont rouillés. Le premier camion vient de faire son entrée.

Vous voulez savoir ce que je lui ai dit, en fait? Vous voulez savoir ce que je lui ai répondu? J'ai dit :

« Bien sûr. Il y a un excellent Bed and Breakfast pas loin. C'est au coin de la rue, chez Halliwell, sur Bedford Street. Vous en avez pour cinq minutes à pied. » Et j'ai détourné le regard pour ne pas voir la déception que je savais s'afficher dans ses yeux. Et puis j'ai joué ces deux accords, encore et encore, et je l'ai entendue me remercier, je les ai joués, et puis elle est partie, je les ai joués ces accords, encore et encore. Et deux jours plus tard je suis allé chez Halliwell m'enquérir d'elle, mais on ne voyait pas du tout de qui je parlais, alors j'ai dit qu'elle s'appelait Rachel, sauf qu'elle ne s'appelait pas Rachel, puisque je l'avais inventé, et que je n'ai jamais su son nom ; et j'ai continué à jouer ces deux accords, que je joue encore, en cet instant même, 9e et 13e, la musique de possibles illimités, infinis et irrésolus. La musique de toutes les tentations.

Je ne sais pas quel accord jouer ensuite. Je n'arrive pas à me décider.

Version originale

Vint un tournant où l'interview fit place à la conversation, puis un second, où la conversation fit place au flirt. William n'aurait pas su situer ces deux moments avec précision.

Il s'était pourtant bien aperçu que Pascale avait posé son carnet et cessé d'y consigner tout ce qu'il disait. Et il avait remarqué qu'ils ne parlaient plus de son projet de film à venir, mais de la carrière de la jeune journaliste, dont l'évolution ne la satisfaisait guère.

« À l'heure où je vous parle, lui disait-elle, pas moyen d'être sûre qu'ils vont publier cet article, et vous savez, c'est contrariant pour vous, qui avez bien voulu m'accorder cet entretien, mais ça l'est aussi pour moi ; c'est vraiment beaucoup de travail de transcrire tout ça et de le rédiger ensuite, pour s'entendre dire qu'ils ne sont pas preneurs, finalement. »

William lui adressa son sourire d'autodérision si bien rodé et lui dit : « Vous allez me faire regretter de n'être pas plus célèbre ; je suis sûr que si vous aviez interviewé Jerry Goldsmith ou bien Michael Nyman…

— Non, pas du tout. Je vous assure que vos musiques de film sont très connues en France. Elles ont beaucoup de succès. Non, c'est simplement que… » Elle secoua la tête, les yeux dans le vague, d'un air mélancolique. « On ne sait jamais sur quel pied danser avec ces gens, ils vous disent ceci en pensant cela.

— J'aurais plaisir à parler avec vous, avec ou sans article à la clé. »

Pascale se détourna. Pendant un instant, il eut la conviction que sa remarque était lourde, relevait de la drague agressive. Les yeux de la jeune femme étaient dissimulés derrière l'écran de ses Ray-Ban, où il distinguait vaguement son propre reflet. Mais le sourire fugitif qui passa sur ses traits était plutôt réjoui que moqueur.

Au lieu de réagir directement à ce compliment, elle demanda : « Vous vous amusez bien, au festival, pour l'instant ?

— Oui. Oui, oui, je m'amuse.

— Ça n'a pas grand-chose à voir avec Cannes, pas de vedettes, pas de grands noms.

— Il y a Claudia Remotti, c'est tout de même une des actrices italiennes les plus célèbres, en ce moment, non ? Parler à loisir avec une femme pareille, ça ne m'arrive pas tous les jours. »

Pascale fit la moue. « Les membres du jury passent beaucoup de temps ensemble ?

— Et comment ! Nous sommes ensemble pour regarder les films, ensemble à table, ensemble au bar… » Mais tout en disant cela, il constatait avec irritation qu'il ignorait justement où était le reste du jury. Étaient-ils en train de faire plus ample connaissance quelque part sans l'avoir invité à se joindre à eux, sans même remarquer son absence ? Un autre homme — ce réalisateur espagnol plein d'assurance, peut-être — était-il assis à côté de Claudia, s'employant à remplir son verre ? Dans une bouffée de jalousie féroce, il remplit celui de Pascale.

Ils étaient installés à la terrasse d'un bar de bord de mer, sur un petit promontoire, de sorte que l'océan les entourait sur trois côtés, scintillant d'un éclat turquoise et opalescent. Il avait oublié ses lunettes de soleil en Angleterre, et s'apprêtait d'ailleurs à en acheter une paire lorsqu'il s'était arrêté à ce bar où il était tombé dans cette embuscade de charme. La journaliste lui avait demandé s'il accepterait de la retrouver dans la semaine pour lui accorder un entretien, et il lui avait répondu pourquoi pas tout de suite. Certes, du coup il n'avait pas pu appeler Alice, sa femme, à l'heure convenue. Mais il fallait bien qu'elle comprenne qu'une demande d'interview passait avant…

« Pardon ? dit-il, réalisant que Pascale lui posait une question directe.

— Je disais, vous êtes fan de ce genre de films ? Les films d'horreur, de fantasy, je me demandais si vous aviez des affinités avec ce genre cinématographique. »

William réfléchit avant de répondre. Selon son habitude, il évitait scrupuleusement d'exprimer une opinion tranchée qui puisse choquer son interlocuteur, ou faire débat. Et comme il ignorait encore ce que Pascale pensait de la question, il était dans l'embarras.

« Je crois qu'il est possible de produire des énoncés artistiques sérieux, quel que soit le genre envisagé, pontifia-t-il. On aurait bien tort d'en snober certains. Les critiques ont tendance à ne pas prendre les films d'horreur au sérieux, mais si vous regardez les titres de ce festival, vous verrez qu'il s'agit d'œuvres d'une excellente facture, de films d'auteurs qui sont de vrais visionnaires.

— Vous avez sûrement raison », répondit Pascale en lui souriant, le front plissé par l'intensité de sa réflexion, mimique qui l'attendrissait déjà. « Et quel est le film prévu pour cet après-midi ? »

William consulta le programme du festival : *Autopsie mutante 3*, dit-il en appelant le serveur pour avoir l'addition.

Le 14e Festival du film d'horreur et de fantasy était basé dans un grand hôtel moderne et impersonnel, à deux kilomètres du centre-ville. Son auditorium majestueux, souvent plein à craquer pour des films aussi peu prometteurs que possible, n'était nullement l'épicentre du festival : ce rôle revenait au bar, situé au rez-de-chaussée. Il était ouvert au public comme aux réalisateurs et aux critiques, de sorte qu'on y trouvait toujours un joli panel de gothiques, fans de slasher et autres fêlés du gore, amarrés aux tables, tout de noir vêtus, visages exsangues, teint grisâtre. Mais c'était surtout un lieu où les initiés se retrouvaient pour échanger les derniers potins et conclure affaire. William prit bientôt l'habitude d'y descendre le soir vers 19 h 30, dans l'espoir d'y apercevoir Claudia Remotti à l'apéritif.

Le quatrième soir du festival, avant de quitter sa chambre, il s'assit sur son balcon et feuilleta distraitement le programme des réjouissances pour le reste de la semaine. Il commençait à se lasser des viols, mutilations, crimes rituels, décollations et autres massacres à la tronçonneuse. De surcroît, seul compositeur du jury, il était censé repérer une bande-son susceptible de remporter la palme et il découvrait qu'il avait du mal à se concentrer sur la musique qui accompagnait ce type de scène. Il n'aurait pas été fâché de voir quelque chose d'un peu plus original, d'un peu moins primaire.

Il n'entretenait guère d'espoir quant au menu du lendemain, production espagnole présentée comme une « hilarante comédie nécrophile », sous le titre *Un cadavre à la fois, SVP!*. Ni pour le film américain du surlendemain, *À poil, les vampires suceurs de cervelle*. L'œuvre qui clôturait le festival semblait présenter un peu plus d'intérêt à la marge. C'était un film allemand, une histoire d'amour surnaturel, avec fantômes et expériences de sortie hors du corps, dont le titre était *Le cœur hanté*. Il consulta les crédits pour trouver qui avait composé la musique, mais le nom ne lui disait rien. En considérant le reste de la liste, en revanche, il sursauta devant un autre nom, trop familier celui-là.

Gertrud. Gertrud Keller. C'était la scénariste ; c'était elle qui avait écrit ce film.

William posa le programme, ne sachant trop comment digérer l'information. Eh bien, en tout cas, elle avait réussi. Elle avait écrit pour le cinéma, comme elle se l'était promis. Réjouissant, en somme ?

Il lui fallait un verre ; et tout de suite.

La chance lui sourit, car en entrant dans le bar il tomba sur Claudia Remotti en train de boire du champagne à une table d'angle, guère passionnée par son interlocuteur, Michel, l'administrateur du festival. C'était un petit homme sémillant, les cheveux impeccablement coiffés, la peau exhalant en permanence une odeur puissante et suave d'eau de Cologne. Il fut ravi de voir arriver William car il avait une nouvelle importante à annoncer à tous les membres du jury.

« Le film que nous visionnons demain est un film espagnol, comme vous l'avez découvert dans le programme. Il sera projeté en VO, c'est-à-dire en version originale sous-titrée en français. Il va donc de soi que nous avons pris nos dispositions à l'égard des membres du jury qui ne comprennent pas cette langue. »

Il apparut bientôt que les dispositions en question consistaient à leur attribuer un interprète personnel, qui viendrait s'asseoir à côté d'eux dans le noir pour leur chuchoter une traduction sommaire des sous-titres de façon à ne pas perturber les spectateurs payants assis un peu partout dans la salle. La solution paraissait bien tarabiscotée, et selon son habitude, Claudia se répandit en récriminations sitôt que Michel eut quitté leur table.

« Non vraiment, s'exclama-t-elle, je n'ai jamais vu un festival aussi mal organisé. Jamais on ne m'a aussi mal traitée. On nous parque dans cet hôtel effroyable, on nous oblige à voir ces films minables toute la journée. La cuisine est infecte, absolument infecte. Et voilà qu'on veut nous passer ces films de merde dans une langue incompréhensible ! »

William la laissa parler, ses pensées vagabondaient. Bien contre son gré, elles revenaient à la nouvelle qu'il avait apprise en lisant le programme du festival, et à tous les souvenirs pénibles qu'elle entraînait dans son sillage. Ces derniers temps, il s'était efforcé de penser le moins possible à son séjour à Berlin, quatre ans plus tôt, pour une œuvre de commande, une musique de scène destinée à accompagner la nouvelle pièce d'une dramaturge encore inconnue nommée Gertrud Keller. Presque aussitôt, il s'était lié avec elle d'une amitié intense et intime, qui avait perduré des mois après son retour en Angleterre, entretenue par des lettres et des coups de fil. Il s'était senti si flatté des attentions de Gertrud, si valorisé à l'idée que cette belle femme intelligente et stimulante s'intéresse à lui, qu'il ne s'était pas rendu compte du tour que prenait leur relation : il l'avait laissée tomber amoureuse de lui, si même il ne l'y avait pas encouragée. Et quand il avait fini par s'en apercevoir, il était trop tard. Leurs dernières lettres s'étaient croisées, celle de William disant qu'il valait mieux en rester là, celle de Gertrud annonçant qu'elle avait quitté Jakob, son mari, et qu'elle était prête à refaire sa vie avec lui, en Angleterre ou en Allemagne. Il n'avait pas répondu et, depuis, ils ne s'étaient pas revus, ne s'étaient pas parlé, pas écrit.

Et si jamais — cette éventualité explosait soudain dans son crâne comme un flash sur l'écran —, si jamais Gertrud assistait au festival en personne ? Il était normal que les vedettes, le réalisateur ou d'autres membres de la production soient invités lorsqu'ils avaient un film en compétition. Michel l'avait-il fait venir ? Il fallait en avoir le cœur net immédiatement. L'administrateur avait marmonné qu'il se rendait au bureau du festival. Il allait le suivre. Il n'y avait pas de temps à perdre.

« William ! » lui cria Claudia médusée, comme il l'abandonnait en plein milieu d'une phrase, alors qu'il avait tout juste trempé les lèvres dans sa flûte de champagne. Mais apparemment, il ne l'entendit pas.

Seulement, pas moyen de mettre la main sur Michel. William fut incapable de retrouver sa trace avant le lendemain matin, où ils se rencontrèrent par hasard dans le hall de l'hôtel, juste avant la projection de *Un cadavre à la fois, SVP !*. Il se donna beaucoup de mal pour lui assurer, avec une pointe d'impatience, que Gertrud ne serait pas là ; puis il passa sans transition à une affaire plus urgente, lui présenter Henri, son traducteur personnel.

« Enchanté, dit William.

— Bonjour-bonjour, cher ami, répondit Henri. Quel temps superbe, nom d'un petit bonhomme ! »

Henri était un traducteur du coin, qui travaillait pour l'heure d'arrache-pied à une édition complète des œuvres de P.G. Wodehouse[1] en français.

1. Auteur de romans et nouvelles situés dans la *gentry* de l'entre-deux-guerres (1918-1940) et fameux pour ses dialogues à l'humour typiquement britannique, où s'entend un argot

Alors que tous les festivaliers portaient T-shirts, shorts et tennis, il arborait un costume trois pièces en tweed à veston croisé et fumait une pipe en écume au parfum affreusement âcre. Il gratifia William d'une énergique poignée de main, en lui lançant « Dites voir, vieille branche, quelles nouvelles de notre brave Angleterre ? » avec un accent qui lui aurait jadis valu un emploi à vie sur les ondes du BBC Home Service.

Le film du jour était une comédie grinçante, amorale et nihiliste, du genre que Tarantino et ses épigones ont rendu populaire. Elle mettait en scène un gang de braqueurs de banques nécrophiles qui, non contents de massacrer leurs victimes, s'envoyaient en l'air avec elles post-mortem. Les trois quarts du dialogue n'avaient pas grand-chose à voir avec l'intrigue, mais consistaient en répliques cyniques que les personnages échangeaient tout en perpétrant négligemment des actes d'une violence horrifique. Ainsi, au cours d'une des premières scènes, il y avait litige sur la répartition du butin, au point que l'un des bandits fourrait son revolver dans la bouche de son comparse, en lui grognant quelques mots en

---

aristocratique délicieusement suranné au parfum colonial, absolument intraduisible en français. (*N.d.T.*)

espagnol rugueux. William ne comprenait pas grand-chose à ce qu'il racontait, même avec les sous-titres français; il dut donc s'en remettre à la traduction adéquate d'Henri.

« Le monsieur à la cicatrice, commença le traducteur d'une voix digne de son auteur fétiche, dit : "Tiens, fume, enculé à sec"; il ajoute ensuite : "Je sais vraiment pas comment tu as fait pour te foutre dans ce plan de merde, putain, mais compte pas toucher un seul bifton sauf quand je te les fourrerai dans l'os." »

La médiocrité de sa restitution lui inspira un soupir. « Hélas, j'ai bien peur de ne faire passer que l'essentiel, tout ceci est fort approximatif, je le crains. Pardonnez-moi, mon vieux, je fais piètre figure. »

Au fil de la semaine, William s'aperçut que Pascale était de plus en plus souvent dans le secteur. Elle avait désormais un instinct infaillible pour se retrouver à ses côtés lorsqu'il s'y attendait le moins : au bar, aux buffets de l'hôtel, lors de ses promenades quotidiennes en ville et le long de la corniche. Elle avait découvert une petite plage peu fréquentée, lui dit-elle, à dix minutes de l'hôtel, on y accédait par un sentier dans les rochers, et les trois derniers matins, ils étaient allés s'y baigner avant le petit déjeuner. Elle lui plaisait, c'était indéniable. Il aimait son regard solennel, son sérieux quasi comique. Il aimait, faut-il le dire, qu'elle le considère comme un homme célèbre, et soit si manifestement impressionnée par lui. Il aimait ses sourcils mélancoliques ; il aimait son épaisse chevelure brune ; son corps lui plaisait, ou du moins ce qu'il en avait vu lors de leurs baignades. Mais chose curieuse, dans cette amitié naissante, ils parlaient très peu de leur vie personnelle. Une ou deux fois, elle avait évoqué son ami volage, à Paris, qui la voyait depuis plus de cinq ans mais refusait de vivre avec elle. Et pourtant William ne lui avait pas rendu ses confidences. Il n'avait jamais prononcé le nom d'Alice, ni même raconté ses faits et gestes autrement qu'à la première personne du singulier. Car, en somme, il aurait commis une erreur en se rapprochant trop de Pascale, en lui offrant une intimité comparable à celle qui s'était révélée si désastreuse avec Gertrud Keller. Du moins était-ce ainsi qu'il justifiait sa réserve à ses propres yeux.

Le jeudi, avant-dernière soirée du festival, quelqu'un proposa d'aller dîner ailleurs qu'à l'hôtel, dans un petit restaurant de la marina, et William se retrouva au sein d'un groupe qui comprenait Henri, Pascale et Claudia Remotti. Celle-ci était accompagnée de Stephen Manners, le jeune acteur vedette de *À poil, les vampires suceurs de cervelle.* Le jour même, un public largement adolescent avait fait au film une ovation debout. Stephen était un type musclé, agressivement bronzé, et la crinière blonde qui lui tombait sur les épaules lui donnait un peu l'allure d'un strip-teaseur haut de gamme. Surfant sur le succès de son film, il était d'une compagnie enjouée et bruyante, son euphorie contagieuse. Mais le dîner fut pourtant un tantinet assombri au moment où Henri dut s'éclipser, juste avant le dessert, et se précipiter aux toilettes en se tenant le ventre à deux mains. Il était le seul à avoir pris des moules, et on le vit revenir pâle comme un linge, le visage moite.

« Mille excuses, expliqua-t-il. Quel ennui, vraiment. J'ai des misères du côté de l'estomac, figurez-vous. Je crois que je ferais mieux de me retirer dans mes appartements, alors bonne nuit, la compagnie ! »

Peu après son départ, Stephen jeta un coup d'œil à sa montre et se mit à bâiller avec ostentation.

« J'ai une conférence de presse demain matin à

la première heure, déclara-t-il. Je ferais peut-être mieux d'y aller.

— Oh là là, c'est l'heure, ça ? s'exclama Claudia. Je n'ai pas vu le temps passer ! »

Il était 21 h 30.

« Je vous raccompagne à l'hôtel, si vous voulez, proposa Stephen.

— Merci », dit Claudia. Sur quoi ils bondirent sur leurs pieds et, avec une soudaineté sidérante, lancèrent un « bonne nuit » minimal avant de se mettre en route promptement d'un pas résolu, le blanc de la chemise de l'un et l'ivoire de la robe de l'autre finissant par ne plus former qu'une tache de clarté dansante, au loin.

« Hum, toussa William.

— Ils ne font pas dans la dentelle », confirma Pascale.

William tenta de croiser son regard quelques secondes, puis il détourna les yeux. Il n'arrivait pas à soutenir cette équanimité.

« Et il n'en resta plus que deux[1] », murmura-t-il, surtout pour lui-même.

La nuit s'animait d'une bande-son ténue, légers craquements et tintements des yachts

1. Allusion à *Dix petits nègres,* d'Agatha Christie, où les personnages disparaissent les uns après les autres. (*N.d.T.*)

blottis à l'amarre dans la marina, tandis que l'océan venait clapoter sur le littoral à quelques mètres de leur table. Sinon, tout était silencieux.

« On ferait peut-être bien de rentrer, nous aussi », dit William. Mais Stephen et Claudia avaient laissé une bouteille de vin blanc encore pleine : il fallait lui faire honneur.

Il était presque minuit lorsqu'ils rentrèrent à l'hôtel et des choses curieuses s'étaient produites en chemin. Il avait dû y avoir un tournant, où ils avaient cessé de marcher côte à côte pour se donner le bras et s'appuyer l'un sur l'autre. Et puis il avait dû y en avoir un second, peu après, lorsqu'ils avaient eu la bonne idée de s'embrasser longuement et à pleine bouche, sous les rameaux bruissants d'un palmier agité. Et là encore, William aurait été incapable de dire à quel moment précis ces changements s'étaient produits.

L'esprit embrumé par l'alcool, il se rappelait vaguement avoir évité le bar, encore très animé, et être monté au troisième avec elle, dans l'ascenseur-bulle. Il avait eu un éclair de lucidité dans sa chambre, quand il s'était aperçu qu'il était assis sur le lit et que Pascale était à genoux entre ses jambes, serrée contre lui. Elle avait retiré son chemisier, elle était torse nu.

« Je suis contente, dit-elle, je suis contente qu'on ait décidé de ne pas le faire comme ça. »

William fronça les sourcils tout en caressant son dos satiné.

« Comment, comme ça ?

— Comme Stephen et Claudia. Coucher ensemble le premier jour. Nous, c'est mieux. » Elle l'embrassa tendrement. « Moi, je n'arrive pas à dissocier le sexe de l'émotion, et toi ?

— Tu veux dire... » Il s'écarta d'elle, mais à peine. « Tu veux dire qu'il faut que tu sois amoureuse pour coucher avec quelqu'un ?

— Amoureuse, peut-être pas. » Elle l'embrassa de nouveau, et glissa les mains sous son T-shirt. « Mais il faut qu'il y ait de la confiance. Tu n'es pas d'accord ? »

La panique — une terreur subite — s'empara de lui.

« Pascale, tu as... » Il lui saisit les bras et les immobilisa. « Pourquoi est-ce que tu ne m'as jamais posé de questions sur moi, pendant toute cette semaine, ni sur ma vie de famille ? »

Elle le regardait d'un air grave, à présent, où il lisait du flottement.

« Parce que, eh bien parce que ton comportement indique clairement qu'il n'y a... rien à dire. »

Le silence qui s'installa entre eux leur parut un gouffre sans fond.

« Je me trompe ? dit-elle enfin, plus fort à présent, la voix brisée.

— Je suis marié, j'ai un enfant. »

Il enfouit le visage dans ses mains, un peu par remords, un peu pour se protéger de la nudité désormais scandaleuse de Pascale. Il resta prostré ainsi une minute ou davantage, le temps de l'entendre passer ses vêtements, et s'en aller.

La suite prouva qu'il ne tarderait pas à la revoir. À l'entrée de l'auditorium, le lendemain matin, Michel le cherchait, Pascale à ses côtés. Tous deux l'accueillirent avec le sourire, celui de la jeune femme énigmatique, celui de l'administrateur plutôt du genre pas-mécontent-de-soi.

« Il nous est tombé un problème sur les bras, ce matin, expliqua Michel. Ton traducteur nous a appelés pour dire qu'il était au lit avec une intoxication alimentaire, et qu'il ne pourrait pas assister à la projection. Mais voilà que cette adorable jeune femme, qui me dit que vous êtes de vieux amis, a eu la gentillesse de proposer ses bons offices.

— C'est très aimable », dit William en serrant la main qu'elle lui tendait — à sa stupéfaction.

Ils prirent place côte à côte dans la salle à moitié vide car, apparemment, la seule perspective capable de doucher l'enthousiasme des aficionados de l'horreur, c'était une romantique histoire de fantômes à l'allemande et en allemand, alternant le noir et blanc et la couleur, et visant résolument un public Art et Essai. Déçu, William espéra qu'il ne fallait pas y voir de mauvais présage quant à la carrière commerciale du premier film de Gertrud.

Puis les lumières s'éteignirent et le film commença.

Les quatre-vingt-dix minutes qui suivirent comptèrent parmi les plus singulières, les plus déconcertantes de la vie de William.

Le cœur hanté était l'histoire de l'éternel trio. Un mari et une femme, gens de théâtre tous deux, connaissent une vie de couple stable malgré leurs fréquentes querelles jusqu'au jour où l'épouse rencontre un jeune peintre dans un café, et devient sa maîtresse. Leur liaison, qui la consume tout entière, se termine brutalement lorsque l'amant meurt en mer — il faisait de la voile avec sa femme et sa fille. À l'issue d'une période de deuil intense et quasi insoutenable, l'épouse retourne à son mari qui lui pardonne.

Et enfin, après un abîme de détresse qui dure plusieurs mois, elle se rend compte qu'au fond la disparition de son amant la soulage. Leur liaison a été pour elle source d'une grande souffrance, et elle voit à présent qu'elle est mariée à un homme bon et compréhensif. Tout est donc bien qui finit bien, sauf qu'un jour le fantôme du peintre lui apparaît chez elle : elle n'en a pas encore fini, avec cette liaison...

À bien des égards, le film était maladroit, dépourvu d'humour ; il laissa froid le public dans son ensemble : les gens riaient souvent à contretemps. Mais William demeura insensible à ses mérites comme à ses faiblesses. Une myriade de détails infimes, les extérieurs du théâtre à Berlin, la langue parallèle, jeux de mots et formules, que les amants s'étaient inventée à leur seul usage, lui rappelèrent instantanément Gertrud. Chaque aspect du film lui semblait revêtir une signification particulière pour lui. Jusqu'à la partition (il obtint qu'elle reçoive la palme de la meilleure bande-son), qui était née de leur vocabulaire partagé, des thèmes de Francis Poulenc, dans la *Sonate pour clarinette* en particulier, dont il lui avait offert un enregistrement. Il assista à cette projection dans un état second, il était sous le choc. Il n'aurait jamais cru qu'un film, qu'un récit, qu'une œuvre d'art en général, puisse le transporter en un clin d'œil et sans résistance possible dans le passé.

Mais ce n'était pas tout. Si le film le faisait renaître au passé, il ne lui permettait nullement d'oublier le présent. Il ne lui permit pas un seul instant d'oublier que Pascale était à ses côtés, plus proche — et plus distante — que jamais. Avec de nouvelles inflexions dans la voix, et de nouvelles intentions dans le geste, elle semblait le narguer, lui faire reproche. Elle lui traduisait fidèlement les sous-titres sans omettre une syllabe. Toutes les paroles de tendresse naguère échangées avec Gertrud lui étaient rejouées, restituées. Tous les messages codés à son intention lui parvenaient par la voix de Pascale. Les scènes érotiques ne manquaient pas, et Pascale se délectait visiblement à les lui traduire *in extenso.* Elle ne lui épargnait aucun mot, aucun soupir, aucun membre de phrase qui s'étranglait dans la gorge des protagonistes, ses lèvres effleuraient presque son oreille pour se retirer aussitôt, amère parodie du rapport physique. Elle s'appuyait contre lui, jambe contre sa cuisse, il suivait sa respiration, il sentait l'odeur de sa peau dans la chaleur oppressante de l'auditorium.

Dans la toute dernière scène du film, il n'aurait su dire si c'était Pascale ou Gertrud qui s'adressait à lui.

Du hast mir nichts zu bieten, disait la femme à son amant fantôme. *Das sehe ich nun. Es wäre freundlicher, wenn du mich in Ruhe ließt.*

Les sous-titres français traduisaient : *Tu n'as rien à m'offrir. Je peux le voir maintenant. Ce serait plus gentil de me laisser seule.*

Et Pascale lui chuchotait à l'oreille : « *You have nothing to offer me. I see that now. It would be kinder if you left me alone.* »

Für dich ist vorsichtiges Benehmen zugleich ein freundliches. Du glaubst, daß du dich harmlos benimmst. Aber, meiner Meinung nach, bist du ein gefährlicher Mensch.

Pour toi, être prudent et être bon, c'est la même chose. Tu crois que ce que tu fais ne porte pas à conséquence. Mais je crois que tu es dangereux.

« *You believe that by being cautious you're being kind. You believe that what you do is safe. But I think that you are a dangerous person.* »

Damals hast du mir beinahe das Herz gebrochen.

Tu as failli me briser le cœur.

« *You came close to breaking my heart.* »

Bitte, kehr in deine Heimat zurück. Dort wirst du glücklicher sein. Manfred, kehr zurück.

S'il te plaît, retourne d'où tu viens. Tu y seras plus heureux. Retournes-y, Manfred.

« *Please, go back to where you belong. You will be happier there. Go back, William.* »

Il se tourna vers elle en sursautant : « Le personnage s'appelle Manfred, non ? » Pascale ne répondit pas, il ne vit que ses yeux, qui brillaient dans le noir.

Une fois le public sorti, William resta dans l'auditorium encore un moment. Il était incapable de se ressaisir, incapable de s'arracher à son siège. Lorsqu'il trouva la force de se lever, il traîna dans le secteur de l'hôtel, sonné, sans faire attention aux gens qui l'entouraient ni leur répondre quand ils lui parlaient.

Après un déjeuner et une sieste, il se sentit mieux. En milieu d'après-midi, il descendit à la réception demander s'il pouvait laisser un message à Pascale. On lui répondit qu'elle était partie peu après 13 heures. Il ne lui restait donc plus rien d'autre à faire que se promener en ville, et se remettre en quête de la paire de lunettes de soleil qu'il voulait acheter depuis le début de la semaine.

Journal d'une obsession

« Pour Sherlock Holmes, elle est toujours LA *femme.»*

SIR ARTHUR CONAN DOYLE,
Scandale en Bohême

1972

Un garçon de onze ans, en vacances avec sa famille sur la côte des Cornouailles, s'arrête devant une boutique du front de mer pour regarder les livres de poche. Un titre accroche son regard : *La vie privée de Sherlock Holmes.* La jaquette est racoleuse, on y voit la découpe du *deerstalker*, célèbre couvre-chef du détective, encadrer une femme à moitié nue. Le petit garçon est horrifié. Moraliste en herbe, puritain avant l'âge, il voue un culte aux aventures de Sherlock Holmes et il est atterré par ce qu'il considère comme un sacrilège. Il semblerait en effet qu'un vil marchand de soupe se soit emparé du génial détective pour en faire le héros d'épisodes érotiques louches. Le jeune garçon secoue une tête réprobatrice, affecté par la marche du monde.

1975

Un dimanche soir en tout point abominable ; le lendemain c'est l'école, et pour tenir cette perspective en lisière, une seule possibilité : la télévision. La BBC passe un film : *La vie privée de Sherlock Holmes.* Je me rappelle vaguement avoir vu la novellisation du scénario, non sans écœurement, quelques années plus tôt, pendant des vacances en Cornouailles. Pourtant le journal parle du film avec le plus grand sérieux. Billy Wilder, son réalisateur, est célèbre, apparemment. Je veux bien le regarder, ce film.

J'en discute ensuite avec mon grand-père, puisque c'est lui qui m'a fait découvrir Sherlock Holmes. Nous partageons une passion pour ces histoires, nous sommes l'un comme l'autre des maniaques de l'authenticité dès qu'il s'agit de les adapter à l'écran. Le film ne lui a pas fait une forte impression. Il a trouvé que, dans le rôle du

Dr Watson, Colin Blakely parlait trop, et trop fort. Je vois ce qu'il veut dire. Robert Stephens n'était pas non plus l'acteur le mieux choisi pour le rôle de Sherlock Holmes. Il joue avec une espèce de grandiloquence de patronage qui frôle le ridicule. Et pourtant, déjà, quelque chose me hante, dans ce film. L'atmosphère douillette de l'appartement de célibataire de Holmes (décors d'Alexander Trauner), la mélancolie de la campagne écossaise (photographiée par Christopher Challis) me trottent dans la tête. Ça tient peut-être à la musique, dont l'un des leitmotive est emprunté au *Lac des cygnes*; je me surprends à la siffloter sur le chemin du lycée, le lendemain.

1976

Au dos d'un roman dont j'ai oublié le titre depuis longtemps, je trouve une liste de livres publiés chez le même éditeur. L'un d'entre eux est la novellisation de *La vie privée de Sherlock Holmes*. Je le commande, en me figurant plus ou moins qu'il n'arrivera jamais. Mais quelques jours plus tard, il y a un paquet pour moi au courrier.

Bien entendu, à l'époque, il n'est pas possible de « posséder » des films en vidéo. On ne peut pas les revoir à sa guise, ni les rembobiner, ni faire d'arrêts sur image dans ses scènes de prédilection. Il est rare qu'un scénario original soit publié, par conséquent, dans l'état actuel de la technologie, la seule façon de capturer et de revivre ses films préférés, c'est d'en lire la novellisation, bâtarde contrefaite de la lettre et de l'image. Chez moi, les étagères croulent sous le poids de cette prose exécrable, de ces adaptations bâclées de films récents et de séries télévisées. Malgré les sentiments que m'inspire le film de Billy Wilder, je ne m'attends pas à mieux en l'occurrence.

Or je me trompe. C'est un pastiche brillamment conçu dans le style de Conan Doyle, par deux auteurs connus, Michael et Mollie Hardwick. Le livre m'enchante à l'égal des vraies aventures de Holmes, je le lis et le relis au lieu de me plonger dans les pièces de Shakespeare, les romans de Jane Austen et autres monstres sacrés du système éducatif britannique.

1978

Deux ans plus tard, le film repasse à la télévision et je me rends compte que, oui, la musique est bien la clé de sa magie. Mais l'essentiel de la bande-son n'est pas de Tchaïkovski. Elle est d'un compositeur dont je n'ai jamais entendu parler, Miklós Rózsa. Si j'en crois le générique de début, il s'agit d'une adaptation de son concerto pour violon. Il y a une tristesse et une nostalgie poignantes, désespérées, dans le thème de l'amour, qui semblent, en théorie du moins, contredire la légèreté et l'humour étincelant qui caractérisent la première heure. La combinaison ne devrait pas fonctionner, et pourtant elle fonctionne.

Il faut dire qu'il y a deux histoires dans le film : une ballerine russe fofolle demande à Holmes de lui faire un enfant, et il se sort de ce mauvais pas en prétextant que Watson et lui sont homosexuels. Ensuite, un soir très tard, une superbe créature arrive au 221B Baker Street, après avoir échappé à son meurtrier, dit-elle. En sa compagnie, Holmes et Watson partent pour l'Écosse à la recherche de son mari, qui a disparu. Au cours de l'enquête, Holmes tombe amoureux d'elle, mais il va découvrir qu'il s'agit d'une espionne allemande et qu'elle se joue de lui depuis le début. Des mois plus tard, vers la fin du film, il apprend qu'elle a été fusillée, et il en a le cœur brisé.

Lors de cette deuxième diffusion, je remarque qu'il y a quelque chose de bizarre dans le film. La structure est bancale. Les deux histoires — dont l'une dure une demi-heure et l'autre une heure et demie — sont sans rapport. Le rythme est plutôt lent mais, par-ci par-là, on tombe sur des scènes qui ne sont pas raccord. Et plusieurs des scènes que j'avais adorées dans le roman — la diatribe de Holmes contre les ballets classiques pendant qu'il prend son bain, le long prologue contemporain, dit par le petit-fils de Watson venu chercher le manuscrit perdu de son aïeul dans une banque londonienne — n'apparaissent pas dans le film.

Pourtant, malgré ces curieuses dislocations, il m'émeut de plus en plus profondément, et me parle plus directement que tous les films que j'ai vus jusque-là. D'où cette frénésie de recherche, cette soif d'informations.

Qui est Miklós Rózsa ?

Dans une minuscule ruelle dickensienne de Birmingham, Needless Alley, se trouve le disquaire Vincent's. À cette période de ma vie — j'ai dix-sept ans — j'y suis toujours fourré, j'y vais au moins deux ou trois fois par semaine. Le propriétaire, peu causant mais bien informé, n'a jamais entendu parler de Miklós Rózsa. Il le cherche dans le catalogue et me commande un 33 tours intitulé *Rózsa conducts Rózsa.* Lorsqu'il arrive, une quinzaine de jours plus tard, je découvre qu'il s'agit de musiques de films, dont celles de *Cinq secrets du désert*, de Wilder, *Lydia*, de Duvivier, et bien d'autres. Il y a aussi une suite de dix minutes, extraite de *La vie privée de Sherlock Holmes*. Enfin, je peux écouter à ma guise le thème de l'amour ! Mais ça ne me suffit pas ; fétichiste, je veux l'œuvre complète. Il me faut entendre le concerto d'où elle est tirée. Et à cet égard, le disquaire ne peut rien pour moi. Il en existe un seul enregistrement, exécuté par Heifetz pour RCA dans les années cinquante, mais il est épuisé depuis des lustres.

Ensuite, je découvre un livre de Maurice Zolotow, intitulé *Billy Wilder in Hollywood*. C'est une biographie bizarroïde, une dose de psychanalyse, deux doses de potins scabreux. Mais elle m'apprend une ou deux choses importantes sur le film. La version distribuée, celle que j'ai vue à la télévision, ne représente que les deux tiers du film. Deux épisodes complets et de nombreuses scènes importantes ont été coupés par Wilder à la demande expresse des studios : un flash-back sur les années de Sherlock Holmes à Oxford, où il découvre que sa dulcinée se prostitue, et donne ainsi des arguments à sa misogynie congénitale ; d'autres détails sur son addiction à la drogue, qui prend de telles proportions que Watson est obligé de monter de toutes pièces une affaire de cadavre dans une chambre à l'envers pour l'éloigner de la cocaïne. Et j'en passe. Le film aurait dû être le plus long, le plus complexe et le plus personnel de Wilder. Il n'en reste aujourd'hui que des vestiges.

Tant que je n'aurai pas vu la version originale, pas de répit pour moi, je le sais.

1979

Il existe une monographie sur Miklós Rózsa signée du musicologue britannique Christopher Palmer, et je l'ai achetée à Londres. La jaquette est illustrée par des pochettes de disque, dont celle du concerto pour violon chez RCA, depuis longtemps épuisé. La reproduction en est si nette que j'arrive à lire le numéro répertorié : LSC-2767. Je voyage à travers l'Amérique pendant trois mois avec mon amie, avant d'entrer en fac, et je ne sais pas pourquoi, je suis persuadé que je vais y trouver mon disque. Un jour, à Washington, je passe des heures chez un disquaire gigantesque à feuilleter les pochettes : ils ont absolument tous les enregistrements de la série, sauf celui qui m'intéresse. Frustration abominable.

Au fil des années 1980

À Londres, je trouve une boutique qui vend des affiches de film. J'achète celle de *La vie privée* et la mets au mur, elle va me suivre dans toutes les chambres que j'occuperai pendant mes études à Cambridge et à Warwick. Elle veille sur moi comme une muse amie lorsque je travaille en secret à mes premiers romans. Et quand le film repasse à la télévision, il me vient une idée géniale : je connecte mon magnétophone à la prise casque de la télévision, et j'enregistre toute la bande-son. La nuit, au lit, j'écoute le dialogue sur mon baladeur, dans le noir, jusqu'à connaître par cœur la moindre réplique, la moindre intonation.

Mais toute trace de la version originale semble perdue. Le National Film Theatre, qui programme une rétrospective Billy Wilder, ne trouve pas de copie intégrale de *La vie privée.* On voit passer des copies neuves d'*Une étoile est née,* de Cukor, du *Spartacus* de Kubrick, de *Fenêtre sur cour* et de *Vertigo* d'Hitchcock, qu'on n'avait pas vus depuis des années, qu'on redécouvre et qu'on projette. J'entends dire que plusieurs tentatives sporadiques pour retrouver les scènes manquantes de *La vie privée* ont échoué.

Pendant mon doctorat à Warwick, j'écume la bibliothèque de l'université pour récupérer bribes et fragments des fameuses scènes. Je passe au peigne fin les vieux numéros des magazines de cinéma. Rien dans les *Cahiers*, j'ai l'impression qu'ils snobent un peu Wilder, trop littéraire à leur goût. Long article dans *Positif*, où je trouve une photo extraite d'une séquence coupée : Holmes contemplant un cadavre dans une chambre sens dessus dessous, où le lit est collé au plafond tandis que le lustre se dresse sur le plancher. Je photocopie cette image, et la range dans mes archives, comme un enfant qui cache un jouet secret, trop précieux à ses yeux pour le partager avec le reste du monde.

1994

J'avance en âge et l'histoire se répète, un schéma se dessine. Aujourd'hui, le hasard me fait découvrir un livre, sur un stand ; cette fois, c'est à Londres, au métro Liverpool Street. À cause de ses thèmes, mais aussi à cause du sort que les studios lui ont fait subir, ce film est devenu pour moi l'illustration même de la notion de perte : temps perdu, occasions perdues, rapidité avec laquelle les événements s'estompent dans le passé sans qu'on puisse jamais les saisir. Il est donc logique que je fasse cette découverte le jour où je m'achemine vers Norwich pour renouer avec un ancien camarade de classe que je n'ai pas revu depuis des années. En cherchant un magazine pour me distraire pendant les deux heures du voyage, je tombe, coïncidence inouïe, sur l'image même qui a arrêté mon regard il y a une vingtaine d'années dans les Cornouailles : voici la découpe familière du deerstalker sherlockien encadrant une femme à moitié nue. Mais quel magazine aurait l'idée de placer cette image sur sa couverture ?

Un magazine voué à une disparition précoce, assurément. Il s'appelle *Movie Collector* et ne durera qu'une poignée de numéros. Il s'adresse à un public restreint de fans, de fétichistes et d'obsédés, des gens comme moi, en somme. On y trouve des lettres et des articles sur les segments de pellicule supprimés, les scènes manquantes, les copeaux de films oubliés, tombés dans une sorte de purgatoire cinématographique. Et au cours d'un long essai sur *La vie privée de Sherlock Holmes* (qui contient des informations déjà connues de moi pour l'essentiel) j'apprends cette nouvelle stupéfiante : certains éléments ont été récupérés, et on peut les acheter sous forme de disque laser.

Le disque laser. Le format m'est à peine connu, mais en quelques jours je vais devenir expert. Une société de VPC anglaise me fournit l'objet qui m'arrive dans une pochette comme un 33 tours des années soixante-dix, et je m'émerveille de la beauté abstraite et étincelante de cette nouvelle technologie. J'ai du mal à croire que cet artefact scintillant puisse tenir ses promesses : deux séquences supprimées au montage, mais sous une forme cocassement tronquée. L'une des deux n'a pas été sonorisée, l'autre n'est que de la bande-son. Humour noir, en somme, tout à fait digne de Billy Wilder lui-même.

Il n'y a qu'un problème : je n'ai pas de lecteur de disque laser.

L'appareil coûte dans les 500 livres, si je comprends bien ; ce n'est pas cher payer pour résoudre une part du mystère qui me taraude depuis près de deux décennies. Mais quelque chose me retient : comment justifier cette dépense aux yeux de ma femme, alors que nous peinons à acheter des meubles et à redécorer notre appartement ? Voilà que tout à coup ma quête me paraît presque… futile. Et puis il y a une autre raison, plus difficile à formuler. Quelque part, je m'en rends bien compte, je préférerais que ce matériel demeure perdu et invisible à jamais. Car c'est son essence même. Qu'on lui retire cette qualité, et on aura détruit quelque chose de fragile, d'irremplaçable.

Je ne vais pas passer ce disque laser, pour l'instant du moins. Il est sur une étagère, où il attend son heure, calice illuminé de pure virtualité.

1997

Il faut croire que la technologie change tout. Du jour au lendemain, voilà que tout est devenu plus *récupérable.*

La musique, par exemple. Depuis l'avènement du CD, le consommateur trouve une variété bien plus vaste d'œuvres classiques. Tous les chemins de traverse de la musique contemporaine se visitent en un jour au mégastore du coin. Bientôt, sûrement… Et, de fait, voilà qu'on sort un enregistrement du *Concerto pour violon* de

Miklós Rózsa, magnifiquement interprété par Igor Gruppman et le New Zealand Symphony Orchestra. Une petite victoire.

Cette musique m'accompagnera pendant les mois et les années qu'il me faudra pour achever mon nouveau roman, *La maison du sommeil.* C'est d'ailleurs un roman sur le temps perdu, les occasions perdues et — comme de juste — les films perdus. J'invente un critique de film qui s'appelle Terry, dont les absurdes articles-fleuves sont presque le châtiment des crimes journalistiques que j'ai pu commettre au fil des années. (Il sous-estime Wilder, bien à tort, en qui il voit un talent médiocre.) Le roman ne contient qu'une allusion passagère à *La vie privée de Sherlock Holmes*, mais pour ceux qui, comme moi, adorent le film, on peut aussi y lire tout un réseau de références codées. Ashdown, le nom du manoir gothique, est celui que Holmes prend dans le film lorsqu'il se fait passer pour un homme marié ; le café Valladon, où tous les personnages se retrouvent, est aussi le faux nom de l'espionne allemande dont Holmes tombe amoureux, etc.

Pendant ce temps, je participe à une émission pour parler du film *Sabotage*, d'Hitchcock ; après l'enregistrement, le producteur me dit en passant que la BBC possède des équipements pour visionner les disques laser, et que je suis cordialement invité à les utiliser. J'aurais mauvaise grâce à refuser une offre faite avec autant d'empressement. Peut-être est-il temps d'affronter mon démon, après tout.

Ce matin-là, ma femme m'accompagne, elle qui côtoie depuis des années cette obsession, qu'elle observe avec la fascination purement clinique de l'ancienne psychologue. Nous arrivons au BBC Television Centre un jour de semaine, par un matin abominablement humide, froid et sinistre ; nous buvons du café noir à la cantine, avant de nous diriger vers la salle de projection. L'ingénieur prend le disque laser et je lui explique quelles plages je veux visionner. Quelques minutes plus tard, la lumière s'éteint et l'écran s'anime.

Il est important que certaines choses demeurent perdues. L'évanescence est une composante essentielle du cinéma. Malgré la révolution vidéo, un film ne doit pas devenir comme un livre que l'on prend sur l'étagère et qu'on ouvre quand on en a envie. Il ne faut pas sortir *L'intendant Sanshô* de son boîtier et en passer quelques minutes sur le lecteur quand on a un moment à soi. Ce serait faire violence au médium. Les exploitants de salles et les programmateurs de télévision sont les vrais dieux du cinéma : le film est un objet qu'on ne saurait voir que quand une tierce personne nous le montre.

Certes, j'ai une vidéo de *La vie privée de Sherlock Holmes*, mais je ne la regarde pas souvent. À présent, j'ai même les enregistrements soit audio, soit vidéo des scènes coupées. Mais ce qui me rassure, c'est de savoir qu'elles sont encore incomplètes, et qu'il existe d'autres scènes perdues, peut-être irrémédiablement. Il faut qu'il en soit ainsi. Car au fond, depuis toutes ces années, ce n'est pas tant la version intégrale du film que j'ai cherchée. Ce que j'ai traqué est peut-être plus inaccessible encore : j'ai tenté de saisir cette impression de mystère, de sécurité, de bonheur que j'avais éprouvée à la première vision du film en ce dimanche soir où il m'avait fait oublier pendant deux heures l'angoisse de retourner à l'école le lendemain. C'est mon jeune moi que j'ai tenté de faire revivre. Et peut-être mon grand-père, aussi, qui adorait Sherlock Holmes presque autant que moi, et qui est mort il y a quatorze ans, mais revient visiter mes pensées chaque jour depuis.

Il se peut que *La vie privée* ne soit pas un chef-d'œuvre, dans aucune de ses versions. Du reste, savons-nous encore reconnaître les chefs-d'œuvre du cinéma ? Mais pour moi, c'est le film par excellence.

Il y a six mois, dans une soirée, je prononce ce titre devant un autre invité, un jeune musicien, qui me dit que sa grand-mère a travaillé sur la novellisation. Elle s'appelle Mollie Hardwick. Je lui demande si elle verrait un inconvénient à me dédicacer mon exemplaire. Non, au contraire, dit-il, elle a été assez malade, ces derniers temps, et savoir que quelqu'un se rappelle son œuvre ne pourra que lui remonter le moral. J'envoie donc mon précieux exemplaire, et elle le signe, de son écriture hésitante de vieille dame, et me le retourne. C'est donc la deuxième fois de ma vie que ce livre m'arrive au courrier. Les événements continuent de se répéter, le cercle apparaît de plus en plus clairement, mais la boucle n'est jamais tout à fait bouclée.

Post-scriptum 2004

Six ans après avoir écrit ce texte, je n'ai pas grand-chose à ajouter, sinon qu'il a suscité deux lettres. La première m'est venue, à ma grande surprise, du grand romancier espagnol Javier

Marías ; il m'a envoyé un exemplaire de la traduction anglaise d'*Un cœur si blanc*, dédicacé « À Jonathan Coe, avec qui je partage au minimum, me semble-t-il, ce qui apparaît à la page 214 ». Il avait lu mon article pour les *Cahiers du Cinéma* dans la série « Écrire le cinéma », et il tenait à me dire qu'il était hanté par le même film que moi, et en particulier par la musique de Miklós Rózsa.

Enhardi par cette réaction, j'ai décidé d'écrire à Billy Wilder lui-même. Je savais qu'il se portait assez mal, ayant passé quatre-vingt-dix ans. Et je savais aussi, d'après les biographies que j'avais lues, que toute l'affaire de la *Vie privée* lui avait laissé un goût assez amer, non pas seulement à cause de la mutilation perpétrée par les cadres des studios mais aussi, et surtout peut-être, à cause de son échec commercial en 1970. J'avais sans doute derrière la tête l'idée passablement morbide qu'il risquait de mourir sous peu, et je voulais qu'il sache combien son film avait compté pour moi et pour bien d'autres.

Je ne me souviens plus de ce que je disais dans cette lettre, sinon que l'*Observer* m'autorisait à solliciter une interview de lui. J'ai joint une photocopie de mon article et j'ai envoyé le tout à son adresse personnelle, que j'avais trouvée sur Internet en moins de trois minutes. Bientôt, une lettre me parvenait, expédiée de Californie. Il avait dû répondre par retour du courrier ou presque.

Cher Mr Coe,

C'est de mon lit de malade que je dicte cette lettre. À 94 ans, je me suis retiré du cinéma, et je ne tourne plus depuis douze ans.

Si je vous accordais une interview, vous n'y trouveriez pas votre compte. Je n'ai plus la tête claire, j'ai décroché. Mais je tiens à vous remercier pour ce texte dans « Écrire le cinéma ».

Il est extraordinaire de découvrir qu'à défaut de connaître le succès Holmes *est devenu une obsession singulière.*

Avec mes plus sincères salutations,

Billy Wilder

Introduction 11

Ivy et ses bêtises 15

9e et 13e 43

Version originale 57

Journal d'une obsession 81

Composition : Dominique Guillaumin, Paris.
Achevé d'imprimer
par l'Imprimerie Floch
à Mayenne, le 20 février 2012.
Dépôt légal : février 2012.
Numéro d'imprimeur : 81747.

ISBN 978-2-07-013362-8 / Imprimé en France.

182938